新时代天山文丛 一 第七辑一

阔什艾肯村手记

张映姝——著

新疆人民出版社
（新疆少数民族出版基地）

图书在版编目（CIP）数据

阔什艾肯村手记/张映姝著.—乌鲁木齐：新疆
人民出版社（新疆少数民族出版基地），2025.2.
（新时代天山文丛）. — ISBN 978-7-228-21429-7

Ⅰ.I227

中国国家版本馆CIP数据核字第2024XN9006号

阔什艾肯村手记
KUOSHIAIKENCUN SHOUJI

出 版 人	李翠玲	图书策划	陈 漠
出版统筹	陈 漠　陶小红	责任编辑	陈 漠
封面设计	姚亚龙　杨世新	版式设计	刘堪海
责任校对	冯 茜	责任技术编辑	马凌珊
封面题字	席时珞	插图绘画	堆 雪
封面绘画	尼亚兹		

出版发行	新疆人民出版社
	（新疆少数民族出版基地）
地 址	乌鲁木齐市解放南路348号
邮 编	830001
电 话	0991-2825887（总编室）　0991-2837939（营销发行部）
制 作	新疆生产建设兵团印刷厂
印 刷	新疆新华印务有限责任公司

开 本	787mm×1092mm　1/16
印 张	11.75
字 数	200千字
版 次	2025年2月第1版
印 次	2025年2月第1次印刷
定 价	60.00元

目　录

自然的馈赠

立 春

立春，万物开始复苏
塔克拉玛干的雪，呈斑驳之势
小剂量的风，带来午后铺天盖地的暖
另一种暖，从新年孕育

立春，东风解冻
麦盖提的乌鸦，啄食于野
三五只麻雀，在窗外的树头啁啾
冻苹果淡淡的香味，把旧年的喜悦拉长

立春，一种情怀
阔什艾肯，两河交汇之地
双色茉莉的春信，比迎春、樱花、玉兰
更早。你的到来，也是

你，站在风中。光抚摸你
如抚摸万物。你是立春的孩子
你的心野，种子萌动
不，你是立春，是母亲

——你，会孕育一片金黄的麦穗
孕育一树甜蜜的无花果
不绽放，无芬芳
你的花，开在果实里

元夕感怀

麦盖提，天山以南的一座小县城
梧桐环绕的广场，此刻，被浩大
热烈的红，点燃、托举
脸庞桃红，漾起春风般的笑颜
清澈的眼神，流露祥和的心声
我们走在春风里，漫无目的
一本书，一场闲聊
这意外的收获，微小而深刻
一碗罐罐饺，不能完全诠释
这个佳节的意义。而我们带回的
葡萄、西红柿和桂圆，无一例外
圆满、水润、甜蜜。仿佛一种昭示
一个心愿，或者，一颗女儿心

乡村情人节即景

一匹棕色老马，站在院子里
所有的光汇集。一只雪白的蹄
一朵静止的浪花

十七只鸽子，一列士兵
木头架的天线，撑起苍穹的蓝调
那只翻飞的白鸽，表演独舞

经冬的棉田。黑头大耳朵的刀郎羊
大地的浪子。黑色的羔羊
黑白花的奶牛，孕育甜美的日子

一辆三轮车从棉田艰难驶出
硕大的树根。被雕刻
还是当柴烧？都是勤劳的象征

葡萄长廊。架上的工人
用木条铺展菱形的网格
沉睡的藤蔓，在梦中攀爬

三个农民在修剪果树
我看着一地的西梅树枝
憧憬窗前枝头的果实

一个女人，走在阔什艾肯村的
二月，手握几枝树枝
像捧着一束绽放的玫瑰

雨　水

没有细雨，拉开节气的大幕
没有和风，纾解一个冬季的蛰伏
塔克拉玛干，无边的沙砾
正酝酿一场恣意的奔跑

奔跑，在事物内部
盘曲的葡萄藤，光秃的白杨树
一株株冬麦，用柔软的绿意
奔跑，为大地调色

灰白的鸽群，在空中奔跑
两只乌鸦，三只长尾巴的野鸡
在麦田奔跑。另一场生命接力
暗暗蓄势、较量

阳光下的麦盖提，万物奔跑

在一场春雨的奔跑里

雨——水的另一种奔跑

还在路上，从天到地

——我们只需静心等待

如果,这还不是

没有春雷滚动，惊醒泥土中的冬眠
没有雨水滴答，轻叩蛰居者的门铃
没有一场等待，比你的干渴更长
没有一次绝望，甚于你的希望

红色的蚁群，前天在墙脚忙碌
白杨的花穗，昨天已冲破苞壳
今晨，一只白鹡鸰在操场踱步
几只不知名的鸟儿为它伴奏

阔什艾肯，如果，这还不是
你的春天，让桌上这枝白百合的盛开
一枝白郁金香的含苞
以花朵的芬芳，提醒你

如果这还不够，请把它
这枝粉色郁金香，当作江南的桃花
把它黎明前的芳唇轻启
当作隐秘震动后的觉醒

请感谢它——
以打开自身的方式，展示惊蛰的
另一个名字——启蜇

请感谢它——
以打开自身的方式，让你的睡眠
蜕变成，另一个伟大的梦想

礼　物（一）

这个女性的节日，我收到了许多礼物

第一件，四季花语护手套装

来自恰木古鲁克村工作队的妹妹

第二件，一盆油绿的白掌

阔什艾肯村的男队友们偷偷买回了它

第三件，一枝玫瑰、两盒面膜

集体的温暖，穿越一千五百多公里的距离

与亲切的笑容，悄然而至

最出乎意料的，是在村里的联欢会上

皮肤黝黑的大队长，几个略显羞涩的男村民

把玫瑰和茶壶，一一送给我们

掌声刚刚消退，婉转的啼鸣

传来。一只乌鸫，像欢乐的音符

停在高大的杏树枝头

我的西梅花也奇迹般绽放，以浅浅的芬芳

送来浩大春天的礼物

赠予我们和大地上的万物

春天的树下

春 分

十棵垂榆，二十棵紫叶李
六十棵梧桐树。我们要引来
传说中的金凤凰

似乎还不够。昨天，我们又种下
六十棵白蜡树。小叶的，还是大叶的
时间会给出答案

之后，我们凝神等待——
太阳直射赤道的公正
昼夜天平的短暂平衡

大自然的呼吸，平静而舒缓
宇宙的神秘，无处不在
幸运的是，我们已做好准备

——迎接这一神圣的时刻

清　明

你确定，这不是虚幻。梅雨淅淅沥沥
淋透了，蛰居于体内的干燥
啼鸣的鸟儿，叫不上名字
盛开的花树，也只认识洋紫荆和扶桑
涌动的人群，没有熟悉的面孔
这是你渴望的春日。湿润，如你的眼神
葱茏，似你的梦。身在其中
又游离在外。你说服自己，母亲在
这里就是家

母亲老了，总是说起蒙尘的旧事和故人
她没有提及父亲。无意间，你说到父亲
那么自然，仿佛他还在
四川人的大嗓门儿，下一秒就会响起
你们都忘记了，今天该给父亲烧点儿纸钱

父亲一定没忘记，他以自己的方式
挖掘我们的记忆，并在话语中复活
清明，一个属于回望的日子
迢迢万里，我们和父亲的视线方向却相反
聚焦于准噶尔盆地的那片绿洲——
那个叫"家"的地方

阔什艾肯的谷雨

谷雨，应该有雨
百谷在最后的春雨中勃发
希望之烛火，弥漫谷雨花的芬芳

我们的麦田青青，掩不住野鸡的恋曲
我们的杏子青青，已被贪嘴的孩童偷摘
我们的核桃树、苹果树，结满豌豆般的青青果实

粉红的桃花，不愿褪去粉黛
紫槐一棵，开紫花
白槐一棵，开白花

我们栽满一园菜蔬，坐在葡萄架下
泡好一壶明前茶，仿若在喝谷雨茶
不知疲倦的麻雀，叽喳在檐下

我们的阔什艾肯，锦绣一地
只差一场绵绵细雨作添花之美
如果没有，就来一场惯常的风吧

裹塔克拉玛干的沙粒
携天山冰川的寒凉
这场铺天盖地的风沙

是持久的教诲——让我们
褪去城里人的虚幻光环，淬火，锤炼
打磨出与之匹配的、沧桑的底色

立 夏

最后的白槐花和紫槐花，也萎落了
春天的缤纷大幕，缓缓闭合
多深的挽留啊！远去的春光
和转瞬即逝的盛开、凋零

不只是我，这真诚的挽留——
种子，挽留盛开
果实，挽留甘甜
绿荫，挽留芬芳

这无上的挽留，无须言语表白
唯有献出自己，渺小的、自足的
献给未来的、成熟的自己
献给大自然的神祇

我的挽留，比不上它们

有时候，我停止生长，沉迷于

沿途的风景。更多时刻，觉得自己

已经成熟

——谁能给出答案？

小 满

马铃薯开了第一朵花
南瓜花开了第二朵，还是雄花
第三颗丝瓜种子，终于发出了芽
梅豆是个急性子，昨天才露头
今天就长出了两片叶子
门前的月季花，开疯啦

鸟儿鸣叫，像是在故意挑衅
黄瓜苗啄完，啄豇豆苗、冬瓜苗
连纤细的辣椒苗也不放过
爬得飞快的大红蚂蚁，也让人牙痒痒
我补栽了甜瓜苗和白菜苗
又给它们戴上防止被啄的小纸帽

今天，我只关心生长

关心生长的细节，注满一个节气的丰盈

关心阔什艾肯村委会后的那片麦田

它的颖和芒，生长着我的生长

还有，伊犁河谷那个幸福的孩子

拥有天底下最美好的名字——小满

古老的核桃

寒　露

西伯利亚的大雁，已在路上
啄食的雀鸟，做着最后的贮备
傲娇的菊花，蓄势绽放
寒露，催黄了海棠街边的梧桐叶

核桃树空空
葡萄架空空
玉米地空空
仁慈的土地，掏空了身体

只有一望无际的白，泛出温暖底色
焐热阔什艾肯的秋凉
还有，那裸露着的土地
和刚刚钻出的绿芽

细碎的，单薄的，倔强的
要用新生的绿，拥抱、收纳
寒露、霜降和之后的漫长冬天
亲爱的，亲爱的冬小麦

——我该如何表达？

花,是一场大雪

似乎一夜之间,春天来了
期待的雪花,被北疆的山水
挽留。大雪,对于夏普鲁克[*]村
不是冷,是晴空、煦日
是两个入户走访的人的遥想
树枝上干瘪的桃,曾经的芳华、葳蕤
大雪,对于节气
不是真的雪,而是埋在心里的
雪意,开出一朵朵花
所以,当一盆双色茉莉
紫色的繁花,在傍晚的阔什艾肯村
突然绽放,像迎接姗姗来迟的友人

─────────────

* 夏普鲁克,维吾尔语"桃子"之意。

你大声说——

大雪，你好

大雪，你好

第二辑

你，也是她的一部分

正午的交集

一辆毛驴车，从我身后的葡萄长廊驶来

仿佛穿越时光隧道。头戴帽子的维吾尔族老人

发色金黄的时尚孙子，黑色的壮年毛驴

一幅超现实的画作。当我举起手机

蹄声嗒嗒于白杨护卫的公路旁。老人眼窝深陷

目光深邃，回头看着我

我们是否相识？为何相遇？

镜头里，一辆毛驴车悠然前行

对面，一辆摩托车疾驰而来

后面，一辆重载卡车鸣笛不止

多么奇妙的交集。车与车

人与人，眼睛与镜头

这是阔什艾肯村的一个正午

这是世界的一个小小缩影

从巴扎路到英巴扎路

沿巴扎路前行，影子在脚下跃动
路旁小叶白蜡光秃，不远处
穿着衣服的木头人，守护着
还未萌芽的核桃树和枣树的未来
一条路左拐，通向县城最大的巴扎
我们选择直行。迎面而来的白马
像是刚从御水河逃回。身后疾驰的
高头黑马，载着逛完巴扎的人
它已抵达终点。英巴扎路横在眼前
我想坐坐马车，它却要走回头路
返回巴扎。我回头张望——
西挂的太阳，像硕大的银盘
泼出一条银光闪闪的河流
这是我们走过的路。而眼前的
英巴扎路——新巴扎路，宽阔、笔直

通向我们要去的地方

我们站在路口，站在自己的命运里

驴车驶过田野

三棵核桃树

夹道的白杨树后边，十几头牛
咀嚼着干枯的香草。牛群旁边
田垄延伸，返青的路途
牛群后边，果林疏朗
光秃的枝干。我能分辨三两棵枣树
其余是核桃树。与窗前的那株一样
树叶落尽，高挑着几枚陈旧的果实
芽苞，暗自生长着自己的生长

一个老妪。三棵齐腰的树桩
好像小说的开头。我听不懂她的语言
也安抚不了她滚落的泪水
如此失望、无助，她转过身
捧起地上的泥土，一捧捧
盖住白茬茬的树桩。似乎在掩埋

夭折的孩子。不，是为熟睡的婴儿
盖上温暖的棉被

这个风和日丽的下午
她的悲伤，在果园里弥散
这不是唯一的疼痛。几米开外
她的女儿，正用手机和泪水
述说核桃树的疼痛。另一个哭泣声
从远方传来。我是一个多余的人
我的心底，也藏有
这样的说不出的悲伤

一头毛驴

雪已融净。塔克拉玛干的漠风
卷走残存的湿润。大地裸露
干渴的肌肤。这是最后的忍耐
去年的棉花秆，忍过牛羊
一个冬季的啃食。牛羊的胃
忍过一个冬季秸秆的坚硬
柔软的唇和胃，战胜了
寒冷和干枯。葡萄架，就要搭好
核桃树上，芽苞悄悄鼓胀

阔什艾肯，阔什艾肯
你的河水，已在路上
你的羊群，还在棉田流浪
我已接受，牛群与它们相依为命
我已接受，鸽子咕咕的低吟

伴着乌鸦难听的聒噪

一头黑毛驴，站在棉田的荒凉里
一动不动。像个孤独者
它长长的缰绳，拴在
一株被啃秃的棉花秆上
它用无辜的大眼睛，看着我走近
又离开

种入泥土里

已是子夜。你的腰和双腿

似乎不属于自己，十四个小时的工作

眼睛酸涩，大脑还在活跃

你离他们这么近。隔着屏幕

紧张地看着，带着好奇

一切都在眼睛里

你的眼睛，看着他们的眼睛

无数双眼睛，看着你的眼睛

互证的方式。深入，深入

你们从未如此无隙。星星绿芽

跃入你的眼睛。那是上个月

你从村里捧回的几枝西梅

它们还插在水瓶里。像你一样

是时候了，它们也该种入泥土里

你,也是她的一部分

一个奇迹。马路上的尘土消失了
这座塔克拉玛干沙漠西边的小县城
尘土把自己的底色铺展,连同
干燥的漠风。我们看着洒水车
留下的已经风干的水迹,像看着
一幅防风固沙的图画
一个植树造林的故事
当我们的心底萌动——春天
就要来了,雨点飘了下来
我们喊出了声。西挂的太阳
散发奶油般的光,东边的云朵
融化成点点酥雨。我们站在英巴扎路边
看着神秘的天空和鼎沸的车流
像一个懵懂的闯入者。一个声音传来——
你,也是她的一部分

在塔克拉玛干种春天

一

路边的树。从梧桐、白杨
到沙枣树、红柳，然后是梭梭、胡杨
盐碱和干旱，是宿命之地
也是生机之始

二

路。从柏油路，到石子路
之后是土路、沙路
甚至没有路。有路，就有树
无路之地，人在栽树

三

沙漠的皮肤，布满黑色的水管

旁边，水迹平行延伸
眼睛看不到的地方，希望在
脚走到的地方，都是梭梭

四

每隔半米，一个滴水口
两棵梭梭苗在此安家
遇水，看似枯萎的根
魔术般复活，钻进沙粒深处

五

胡杨，野生的胡杨
枝条舒展，迎接久违的热闹
人声，代表着种树
麦盖提的春天，也到了

六

用手按，用脚踩
沙漠里种树，比土地上省力
每个生命都值得尊重
跪下双膝，是刀郎人的虔诚

七

一碗羊肉汤，一个窝窝馕
顶着烈日，席地而坐
看着身边的梭梭苗

你的神情，亲人般满足

　　　八

一只浴火重生的凤凰
一棵胡杨把千秋大梦塑形
我站在它的旁边，却走不进
它水润的梦里

　　　九

种下的梭梭，已经分不清
就像我，是与你一样的
植树者——在塔克拉玛干沙漠
种春天的人

　　　十

大漠的明月，另一盏灯
照亮你的疲惫和鼾声
垂落的星，潜入同一个
绿水青山的梦

越来越像一个农民

越来越像一个农民
担心菜园的命运——
瓜苗被鸟儿啄断
还未发芽的种粒被蚂蚁掳走
小白菜的叶片出现虫洞

越来越像一个农民
喜欢看庄稼蓬勃生长——
土桃的果实渐渐饱满
青核桃今日大于昨日
麦田的绿衣就要褪去

越来越像一个农民
见到杂草忍不住拔掉
即便是盛开的野花

见到起落的蝴蝶，总怀疑在产卵
喜欢的白鹡鸰，也让人恼

越来越像一个农民
我的田园剧本，却没有这样的
人物设置。所幸，我还能重新开始
那位诗人，纵身一跃
再也不能回头

乡音如锥

一句四川话，一根锥子
锥入耳膜和柔软之处
渗出点点骨血，盐碱之泪

干了四届啰！老百姓非得选我嘛
乡音难改，村支部书记杨仕军
还是一口正宗的四川方言

四代人了，扎下根啰
跟沙漠里的梭梭、红柳一样，拔不出来啰
老人的语音，已不纯正，像年少离家的父亲

我出生在村里，是疆二代
村委会主任黎永军的普通话标准
如我，典型的兵团二代

这个下午，在塔克拉玛干沙漠边缘

吐孜鲁克喀什村，仿佛一场梦

回到已回不去的家

北疆的沙漠——古尔班通古特

父亲长眠在那里。从十五岁的那个冬天起

他就把命，一厘米、一厘米，锥入那片土地

——锥入屯垦戍边的册页

共 鸣

——听查汗老师唱《住在村里》

音乐响起，潮水涌来

心绪，一点点蓄积

迎接高潮的一刻

"干的都是老百姓要干的事

说的都是老百姓想说的话"

泪水决堤，从我的脸上

从唱歌的查汗老师的脸上

滚过三百六十五个尘土满面的日子

昭示我们拥有（过）的身份

——驻村工作队队员

我也是你的镜子

——给女裁缝塔吉古丽

你看上了我拿来修改的新衣裙
它的尺寸不合我的腰身
如果是你喜欢的颜色，我会送给你

我瞄上了你裁缝店披挂的布料
一块，绿底黄叶的
另一块，是艾德莱斯花纹的

当黄叶飘落在我的绿裙
随着旋转的身影起舞
你微笑着，仿佛旋转的，是你

艾德莱斯花纹的，你要送给我
你确信，我穿上会很好看

比艾德莱斯更美的，是心意

我从镜子里看自己
艾德莱斯在我的身上发光
我在艾德莱斯里发亮

你的眼睛，另一面镜子——
盈满笑意和自信
骄傲于十几岁就习得的好手艺

你欣赏着，快乐的、斑斓的我
像看着年轻的、匀称的你
我也是你的镜子，时光把它磨了又磨

仿佛自己是悲剧的肇事者

你悲哀，该回去的时候不能回
一起走过的路，如今孤影独行
你悲哀，母亲在远方，接她回来的承诺
像过期的邮件，褪去新鲜的色泽
父亲在这里，却再不能相见
你悲哀，雪线上升，冰川消融
大河快要断流
你悲哀，窗外苹果树上麻雀不归
那只乌鸫的恋曲不再鸣唱
这些，都抵不过此刻的悲伤——
两棵就要进入盛花期的杏树，被连根挖出
粉色的小小花蕾，零落成一地血泪
枝头上，十几朵花仍不管不顾地开着
你，羞愧于眼前的惨状
羞愧于无可挽救的事实
仿佛自己是悲剧的肇事者

笑

——和平公园游艺靶场所见

爸爸在射箭

小儿子在学射箭

大儿子手把手教他

妈妈在拍摄

他们一直在笑

没射时，微笑

射中时，大笑

脱靶时，爆发出更大声的笑

他们的笑，让我也想笑

午后的馈赠

你的午后漫步，一种正在成型的
习惯。仿佛一种等待
等待一个词，在尘土中发光
譬如：白杨、棉田、羊群、鸽子
等待一个句子，从泥土中升起
譬如：诗歌，生长在大地上
等待一首诗，关于南疆农村的
现在和未来之诗

野鸡在麦田啄食，不容你靠近
骆驼在圈里休憩，它的清澈在眼睛里
白杨树上，小小的彩旗抖动
两个十岁孩子的呼喊
把春信送抵。一个是海迪且
上午你们见过，在村里的书法培训班

另一个是谢依达。她没来上课
她要帮妈妈卖馕

今天是谢依达的生日。你才知道
你羞愧于翻遍口袋，也翻不出
一件礼物，甚至一粒糖果
你是被赠予者。她们是发光的词
行走的句子，午后六点钟，跃动
一首阔什艾肯的生命之诗

两只山羊

一棵桃树的春天
是从去年的新枝返回的

十二个小时。我被设定为值班员
登记了七个村民的来访信息
为两位岳普湖县的访客，找到失联的债务人
联系制作了两块交通限速的标识牌
夜里十一点多，立在了村委会前的公路上
其余时间，我反复读一篇科幻小说稿
星球、猎户座、钛械人、地球合约人，等等
我被带入海浪的第三十三层……一双小手
把我拉回。脚步不稳的一岁多女孩
皮肤白嫩，眼眸微蓝。她听不懂我的话
一把抓住递给她的橘子。我的思绪很快转向
固定模式，从编辑角度罗列疑问
直到语音那端的小文友无话可说
又读了一篇散文稿，它让我想起了

自己搁置已久的散文写作

还收到儿子的一条微信

打拼三年后，他决定继续读书

接到先生的电话，问家里还有没有米

…………

晚上十点，我脱去工作服

美美地睡了一觉。一个句子和我

一起醒来：一棵桃树的春天

是从去年的新枝返回的

——这是我下午观察到的

礼　物（二）

女裁缝塔吉古丽非要送我
一条绿底小白碎花的半身裙
她说，你穿上好看得很
昨天，我送给她一双黑色连裤袜
那是我专门从乌鲁木齐带来的

她的裁缝铺还开在村里
她大专毕业的女儿还在加油站上班
女儿一直想去乌鲁木齐找更适合自己的工作
却放心不下妈妈在家
裁缝铺的生意不好不坏
加油站的工资不高不低

昨天下午，看到塔吉古丽没活儿干
我临时起意，要做两条裤子、一条裙子

阿依努尔立刻会意，要做一套裤裙、一条裙子
我故意说，要加班加点哦
明天晚上一定要做好
后天早晨就返回乌鲁木齐了

塔吉古丽果然按时做好了衣服
她自豪地说，夜里干到一点多
她还特意做了一条花裙子，要送给我
原来，她早就明白，我们
想冠冕堂皇地帮助她的心意

我用自己的方式，欢欣地
接受了这份礼物
我说，你的手艺比城里的裁缝还好
下次我来，你给我做
两件亮瞎人眼的小西服，收腰的那种
一件杏色，一件黑色

核桃树下

一片一片的树叶
它的气味不如叶形可爱
一穗一穗的柔荑花序
我已能分清它们的未来
一枚一枚的青皮核果
我数了又数，还是数不清

这样的场景，去年五月
每天都在发生，在村委会的小楼前
在三小队套种果树的麦田里
在古勒巴格*村的小径旁
在五一林场的果园里

---

*古勒巴格，维吾尔语"花园"之意。

前几天，它溜进来，婆娑起舞
把我的梦染成新鲜的绿
此刻，我站在树下
村里结果最多的那棵核桃树下
站在一个现实的梦境里

至上的赞美

——给晓玉

留子庙村，天山脚下的回民村落

"小书虫"，村里的小小读书群

让书香升腾，擦拭博格达山的圣洁

三年时间，从无到有

从四五岁的稚童

为生计操劳的父母

到年过七旬的奶奶

一千多个日子，她的执着和努力

让一个平凡的驻村工作队队长

拥有了天底下独一无二的称呼：

书奶奶——这至上的赞美

慢慢到来的幸福

乡村童年

九岁的古丽娜孜，带着四岁的弟弟亚力坤
在马路边玩耍。弟弟跌倒了
她抱起他，轻声哄着，最后亲了一口
像个温柔又耐心的小母亲

十二岁的买迪那姆，站在田地的东边
七岁的妹妹麦斯图日，站在田地的西边
十一只羊抵挡不住，一堆烂白菜的诱惑
姐妹俩奔来跑去地赶羊

买迪那姆不喜欢放羊。她想住楼房
修车的爸爸允诺，卖了羊就买楼房
住上楼房，就不会被同学看不起
她说，羊吃了烂菜叶生了病，她会被骂

一只小羊羔落在了后面，咩咩急叫着
追赶远处的母羊
四岁的亚力坤跟着它，嘴里喊着：
妈——妈——

七岁的麦斯图日，把放羊忘在脑后
玩起了路边放着的滑板
九岁的古丽娜孜，卸下了小母亲的责任
愉快地加入了她的行列

十二岁的买迪那姆，站在田地边
倾诉她的烦恼、希望。她的坦率
让我吃惊又感动。像另一个她
我，还是那个忠实的聆听者

阿依夏的妈妈

十四岁的阿依夏，坐在我的对面
略带羞涩地述说烦恼——
她很勤奋，成绩却不理想
她三十四岁的妈妈，坐在旁边
天气没有昨日晴朗。妈妈察看着
我们的脸色——她听不懂国通语
阿依夏聊起了小姨，满是羡慕
小姨上了新疆初中班、高中班
现在天津的一所高校读大四
妈妈猜出了这一句，笑了
身体却微微发抖。妹妹的生活离她太远了
这辈子是赶不上了，女儿还有机会
也许这就是她带女儿来的真实原因。她还在发抖
我确定她生病了。是的，她昨晚就发烧了
我赶紧打断小姑娘的闲聊。我看着她们的背影

一个三十四岁的女人，带着三个孩子
若不是帮父亲养牛，该如何支撑下去
明天她要带阿依夏配眼镜，这可是天大的事
至于自己的病，以及早就该做的耳科手术
她没放在心上。或者，按她的话说
还可以等等，再等等

种白菜的女人,或想起她

每锄一下
就像她,砸在地上的一滴泪

还有她十八岁的女儿
那个炎热的午后,冰结在心里

第一季白菜,卖不出去,烂在地里
第二季,这几天就得栽种

种不成的话,女儿的大学学费怎么办
妈妈走了,我自己不会种

况且,还有十天就开学了
无奈的,委屈的,泪水,像雪豹的一跃

想起那一幕，她们的泪水

我手中的锄头，一下，一下

——狠狠砸进土里

麦　田

萨哈迪*女孩

蓝天，红衣，白领，黑靴
飞翔，旋转

越飞，越高
越转，越快

欢呼，兴奋，夹杂着一丝害怕
仰起的，不只是我（的头颅）

她，在飞，在转，在笑
之下，推杆的男人，疾步如飞

---

*萨哈迪，维吾尔语意为"空中转轮秋千"，是麦盖提县刀郎人最喜爱
的活动。以前是女孩玩的游戏，现在男孩也玩。

扬起的尘烟，像马群的野心驰过
飘散，飘散……

萨哈迪上的女孩。越飞，越高——
再给她十分钟，我们暂且忘记

也让她忘记，自己的诸多身份：妻子、母亲
农民诗人、车间主任……努尔古·阿布力孜

慢慢到来的幸福

——赠阿曼古丽夫妇

我们一直盼着新娘的出场
昨天，她还在村委会里忙活
好像今天，只是一个普通的日子

西瓜甜瓜老汉瓜，甜了又甜
馕子油饼，香了又香
热腾腾的抓饭和红烧鱼，唇齿生津

新人还未出场。熟悉的村民
急切的笑容。似乎着急的
是我们，不是新人

来啦——来啦——
阳光般的艾德莱斯衣裙。雪一样的白衬衫

披婚纱的新娘和穿西装的新郎

她，眼眸低垂，低垂
他，抬头挺胸，挺胸
拥抱，起舞。被掌声、笑声围拢

她，眼眸低垂，低垂
害羞的，甜蜜的
遮住盈满幸福的双眼

她，眼眸低垂，低垂
似乎一抬头，幸福之门就会开启
慢慢到来的幸福

慢一点呀，慢一点
新人慢慢相爱，爱到白头
爱过的人呀，不曾相爱的人
学会慢慢、慢慢地爱

塔克拉玛干沙漠探险纪念馆的讲解员

一位年轻的麦盖提古丽
一座年轻的刀郎画乡纪念馆

一位在重庆读过大学的刀郎古丽
一座讲述塔克拉玛干刀郎文化的纪念馆

她的平静、自信被打破
当进入沙漠探险的展厅——

斯坦因，北纬39°，楼兰，小河，尼雅
被盗文物的复印件：壁画，珠宝，墓地……

几分钟后，她恢复常态
微红的脸，泄露之前的小小失态

——一颗宝贵的、真诚的心

还有，发卡上小小的花帽装饰
可爱，像她每句国通语后微微上扬的调子

异乡女友

——给WH

溽热，湿冷，方言难懂
孤舟，漂萍，难以把控
这些，你说过，我懂的
还有你不说的，没来得及说的

隔几天，就听你说说
一个小时，或者两个小时
我们看重的友情，浓缩于此
在并不完全可靠、冷冰冰的手机信号里

隔几天，就听你说说
这是你离开故乡后，一个新的必需
山迢水远，除此之外
我们找不到，找不到更好的方式

送 春 天

这是快要开败的杏花，花瓣反卷

颜色如失血过多的妇人

这树白花瓣、绿萼片的繁花，是西梅

我也是到村里后才认识的

粉色花瓣、紫色花丝和柱头的，是紫叶李的花

叶片也是紫红色的，果实很美味

我曾经用它做过果酱

这棵不是杏树，是桃树

粉色花，朵最大，花和叶一起萌发

喏，一株就要开花的丁香

太奇妙了，这棵树竟然开了红白两色的花

原来是一棵砧木，嫁接了两枝杏枝和三枝西梅

路这边，是粗大的黑杨，树龄有二十多岁了

那边，是我们从小就熟悉的小白杨，整整齐齐

——像三排驻守边疆的年轻士兵

文化长廊的葡萄藤已经上架，估计下周

就会发芽。是的，再过两个月

绿色的藤蔓就会垂挂串串葡萄

夜晚，凉风习习，星子会聆听到深处

滚烫的蜜语。那一大片绿油油的

当然是小麦，冬小麦

攒了一个冬天的能量，热烈爆发了

这棵鹅黄的柳树，白墙映衬

就是一幅夕照下的中国画

这些鸣唱的主人，大多是常见的鸽子、麻雀

白鹡鸰像个不期而至的访客，哪里有水

它们就飞来沐浴，白脸，黑色大围脖

尾巴不停地点地。一只鸟从核桃树上起飞

华丽的羽冠暴露了它的身份——戴胜鸟

你听，布谷……布谷……

杜鹃急声催促农民播种

这位是我的村民亲戚，正带着五岁的孩子种枣树

院子里，西红柿和辣椒苗已经栽好

南疆的春天啊——隔着千山万水

你的心，留在这片土地

现在，一张小小的手机屏

把阔什艾肯遮掩不住的春意传递

多么幸运，我是送春天的人

而你，在遥远的贵州，拥有了

两个春天，一个属于他乡

一个来自故乡

生　光

——给海茵

我们近了。比之前的四千多公里
缩短了两千公里。此刻
大写的"疆"字，你在上边的"田"
我在下边的"田"。隔着的那一横
是苍茫云海间的天山

我们曾经那么近。共居一室
女诗人的身份，不能消解陌生的迷雾
两沓稿件，两束锋利的光
刺穿沉沉的茧壳
我们竟然是同一类人——编辑

一个看似体面风光的职业
一种以与文字较劲而安身立命的人生

我们是一样的人，执着而执拗
无论在哪里，稿件都是亲密的伴侣
我们自诩为走在时间前面的人

我们曾经抱怨自己的职业
却割舍不下文字隐约、宝贵的回甘
"只要有光，只要有诗"
这是你写下的编辑手记，在云端之上的飞机
人世的确还长，我们还要生光

孪生姐妹

两个小姑娘，九月的清晨
玩耍于葡萄长廊下的光斑里

纱裙，薄、艳，一样的款式
一件紫，一件粉

欢笑，游戏。像久远的童话
我沉浸其中

如果妹妹的眼睛，不是斜视
和姐姐的一样明亮、清澈

如果……葡萄架上，没有两片相同的叶子
飘落的叶片中，也没有

八岁的孪生姐妹，热孜亚和茹合耶
被初秋的晨风吹冷，落到现实里

打口哨的男孩

九岁的木合买提，此刻，像个英雄
卷起舌头，手指压住
尖厉的口哨声，刺破冬日午后的寂静
七岁的亚尔肯，满眼惊喜、羡慕
却怎么也学不会
我也跃跃欲试，一次，又一次
重复四十多年前的失败
仿佛那失败，也是无上的恩典

拾棉花的女人

十几个村妇，在九月的下午
五颜六色的衣衫，像白色大地上的休止符
天高，云淡，棉花盛开

一个三四岁的孩子，在棉田里
走来跑去，像琴键上跃动的手指
劳作着的年轻父母，不时抬头呼唤他

多么熟悉的一幕——
无边的白，盛开在准噶尔盆地
另一场人生图景，镌刻在岁月深处

突然羞愧于，此刻的抒情
羞愧于，观望的姿态
我弯下腰，以双手的摘取

与他们保持一致
试图以触摸到的柔软
与生活的硬核和解

棉花地

收获核桃的女人

一个，举着长木棍，打核桃
另一个，提着塑料桶，捡核桃

青青的核桃皮裂开，露出淡褐的果核
淡褐的果核饱满，新鲜如满月的婴孩

收获的神圣，让妯娌俩无暇说笑
这个下午，阳光也无力暴烈

我无法抵御这无言的诱惑
捡拾起一颗颗生命的时光结晶

九月啊，阔什艾肯村的九月
我们各得其所

她们收获的，是一年劳作的美满终点
而我，拓取了其中最丰富、神秘的片段

想起父亲

我们的庭院荒凉，如曾经的好日子

杂草如菜蔬，野雀如燕子

大门外渠边的白杨枯守

如此刻陪伴你的小胡杨

一座荒凉的院落

装满一个丰富的词

——父亲

晒太阳的老妪

她用手势邀请我坐下——

偌大的村文化广场，只有我俩
九月的下午，阳光恰好

她从口袋里摸出几粒巴旦木
递给我，微笑如天山以北的母亲

我说几句国通语，她说几句维吾尔语
听不懂，却明白彼此的笑脸

十几分钟，我陪她坐着
陪着她——晒太阳

该起身了。泪水滑落之前

我用手机拍了一张合影

我要把它发给天天晒太阳的母亲
明天，就是中秋节了

拾秋的女人

一上午，她听到很多称呼
村文化广场玩耍的孩子，叫她老师
草坪上一起捡垃圾的老妪，叫她队长
微信里的祝福短信，叫她主编、诗友

二小队的核桃地里，青储玉米收割殆尽
开犁的田地，散发着深处湿润、神秘的气息
她捡拾掉落的核桃。专注，自足
像捡拾一颗颗，不可辜负之心

拾秋的女人——她心动了一下
一小堆核桃、几穗玉米棒子，放置于
树下的显眼之处。它们应该属于土地的主人
拾秋的女人，她自语，一遍，又一遍

似乎，似乎每重复一遍

离准噶尔盆地那个叫炮台的小镇，就近一点儿
离遥远秋日的喜悦和艰辛，就近一点儿
离拾秋的年轻母亲，就近一点儿

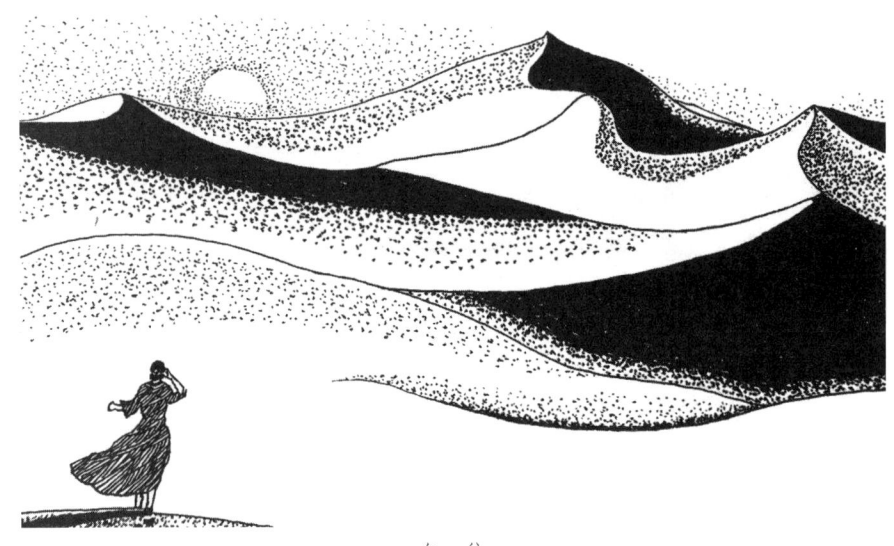

向　往

三 姐 妹

三个女孩，走动在刚犁过的核桃田
刀郎羊群，游荡在昨日收割的玉米地

这是九月底的麦盖提大地
新一轮耕作就要开始

小麦，玉米，小麦，玉米
无尽的轮回。像核桃树隐秘的年轮

土地仁慈。愿生活仁慈如你
愿你赐福于劳作的三姐妹

愿你记住她们的名字：
热孜万古丽、热依汗古丽、热比拉

还有她们的年龄——

二十岁、十七岁、十四岁

搂树叶的女人

白杨树的叶子，黄了又黄
落下的，铺满了荒凉

树下的女人，一耙子，一耙子
搂起一堆又一堆叶子，半干半枯

仿佛搂起的，是金黄的麦穗、玉米棒子
她的嘴角带着笑，神情满足

仿佛包裹薄薄的金片
四张花花绿绿的旧床单，掖了又掖

除了一个"羊"字，她听不懂我的话
这并不要紧。只要羊愿意吃

这些飘落的、悲情的树叶
就是宝贵的粮食，未来的金子

——漫长的转化。她的白头发
佝偻的腰，是否能撑那么久

收白菜的女人

她一个人在白菜地里忙碌
以前是栽苗，除草，打药，施肥
现在是收白菜

一刀，一棵
一棵，一元
拉到批发市场，如果能卖掉的话

价格再低，再伤她，也得卖
得赶紧卖够两千三百棵
怎么也不能，让两个上大学的孩子发愁

至于借下的钱，能还多少还多少
还不上的，以后再还
说不定，明年的头茬白菜，就值钱了

坐在冰车上的女人

她，身着长衣
坐在红色的单人冰车上
小小的冰车，长久地
停在灰白色的冰面
她专注地盯着蓝色的天空
像一个女王。冰车在她周围穿梭
有那么一刻，我几乎以为，她就是
一颗恒星，或者，一个黑洞

巴扎素描

做煎饼的阿丽娅

一勺面糊，左手转锅架，右手持滚子刮薄
一个鸡蛋，右手打开，摊在饼上
转动着，再刮薄
胡萝卜细丁，葱花，银耳丁，花生碎，各一撮
撒上调制好的料粉，香味扑鼻而来
左边一折，右边一折
下边再一折，然后，放一根火腿肠
温柔地，折一下，再折一下
一个小小的襁褓——诞生了

十九岁的阿丽娅，微笑漾在脸上
巴扎上，做煎饼，四个月了
每天，一百多个。平时，在姐姐店里
做汉堡、烧烤。似乎有天赋
八九岁做的第一顿饭，就得到家人的称赞

嘴上说着，手下不停
一张，一张，又一张……

一张，一张，又一张……
我和买日合巴站在摊位前，盯着看
一圈，一圈，锅架不急不慢地转动
转动着阿丽娅的手艺和生活
而我们，转动在时光的钟面
像自带波粒二象性的微粒
难以观察、解释

卖菜的女人

一小堆土豆，一小堆白皮牙子[*]
小而光滑，可爱的模样
这，就是她所有的货品

几个尿素袋，铺在土豆、皮牙子后面
一卷塑料袋，柔软的枕头
她向里而卧，睡意沉沉

我看不见她的脸
就像她听不见

---

*皮牙子，维吾尔语"洋葱"之意。皮牙子分白皮和紫皮两种。紫皮味
  道浓郁，经久耐放，价格稍贵；白皮味道清淡，不耐储存，因而价格
  便宜。

巴扎上嘈杂的声响

不要打扰她啊,不要——

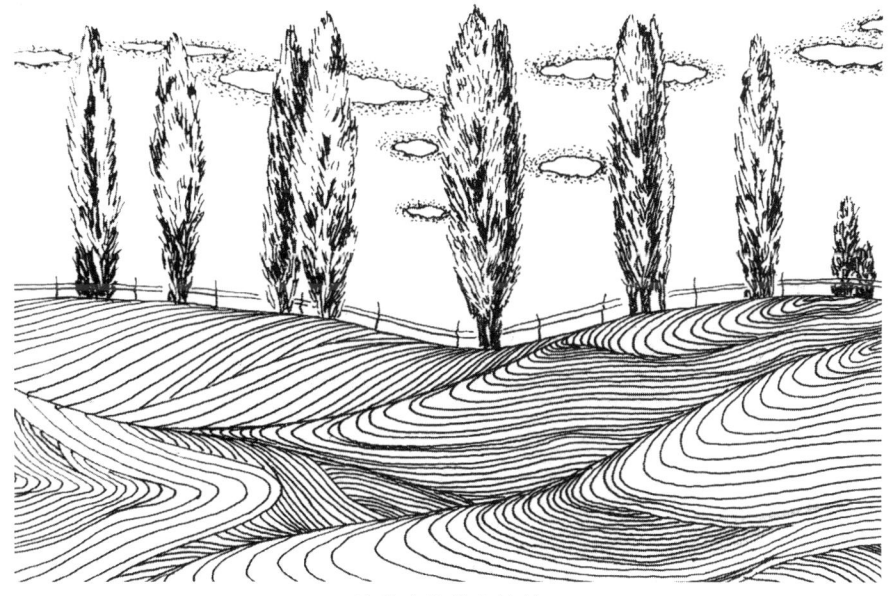

沙漠边缘的白杨树

卖西瓜的姐弟俩

十七岁的苏热娅，站在白杨树下
默默地，看着一地的甜瓜，
一个，一个
一行，一行
一列，一列
像在逐一确认隐藏的秘密

婆娑的树叶，把八月的烈日织成网
玉米田的绿浪，送来喜人的风
一场甜蜜的故事
悄然进行。晒晒太阳
甜瓜会慢慢变甜的
爸爸的爷爷就是这样做的

十七岁的苏热娅，明年就要考大学

周末两天，放假的她，替哥哥卖瓜
多辛苦呀，一年到头都不得闲
十五岁的弟弟艾迪亚尔，一个暑假
都在卖瓜，还不大会招徕顾客
甜瓜，人，命运之手谁在掌握

遥远的准噶尔盆地，一对姐弟俩
眼神也如此渴盼，带着些许羞涩
摆在面前的，是两筐
粒小、酸甜的葡萄
三十年前的旧事，旧得
像新鲜的、酝酿着的这个午后

手上的两个甜瓜，成全了
这甜蜜的小事业——
为逝去的，和还未到来的
为被同一命运抓住的人

卖帽子的阿依古丽

她，边忙着手里的活儿
边用维吾尔语与我们交谈

买日合巴——小小的翻译家：生意不好，
竞争太激烈。攒够本钱了，就去卖服装

这些，也写在她的脸上
她忙着，给买日合巴的新花帽，缝上几条小辫子

我还能做什么呢——这么多帽子
买一顶，就少一顶

少一顶，她的愿望
就近了一厘米

炸麻花的女人

一锅不滚的菜籽油，漂着未黄的麻花
一张不高的桌子，高度适合坐着搓麻花
旁边的台案上，大盘子里装满诱人的麻花
花花绿绿的小零食，整齐摆放
身后的三轮车上，两个大面盆，一个已空

麻花，五毛钱一根
小零食，五毛一袋，或者一块
十岁的女儿，给食客递糖碟、添茶
八岁的大儿子，在回家取备用品的路上
六岁的小儿子，玩得开心，偶尔收一张五毛或一块的票子

一公斤面粉，二十根麻花
大巴扎日，人很多
要和三十五至四十公斤面

女儿的小嘴一刻不闲，为三十二岁的妈妈翻译

小零食，当然卖不完
她微笑着。揪面团，搓面条
两只手掌反向搓动，面条对折、旋转
她微笑着。入锅，翻动
用铁钩勾住，金黄酥脆的，出锅
——一气呵成的行为艺术

每一次抬头，花朵绽放
牙齿洁白，嘴唇红润
黑衣裙，白围裙
在尘土飞扬的巴扎上
在轮廓清晰的生活里

巴扎老妪（一）

不买什么，也不吃什么

她赶巴扎，为的是什么呢

她太老了，耳朵听不清

眼睛似乎还看得见

要命的是，腰直不起来

站着，上身几乎与地面平行

她似乎无所不在

布料摊，果蔬店

卖农具、五金、锅碗瓢盆的

卖抓饭、拌面、烤肉、凉粉的

现在，坐在台阶上

刀郎羊母子的咩叫，围绕着她

她的脸上没有表情，或者已经看透

她在生活的这一端——巴扎

另一端，是麻扎，她并不惧怕

只是放不下，这个逛了一辈子的

人声鼎沸的周日乡村巴扎

巴扎老妪（二）

她坐在闲置的摊位

安静，端正，像坐在办公椅上

在人声嘈杂、色彩缤纷的巴扎

没人留意她，除了我

第一眼，是整洁的、女干部气息的穿着

合身的藏蓝西装套裙，绿色翻领衬衫

白底红花的维吾尔族花帽，黑色矮跟皮鞋

第二眼，是胸前火焰般的党徽

我停下，与她攀谈

四十七年党龄，十年村党支部副书记

去北京参观过。三个孩子死于传染病

腿摔断后被嫁到外乡的唯一女儿奉养

每月领一千多元的生活补贴

就这些了。名字嘛，千万不要写出来

这是七十二岁的她一遍又一遍嘱咐的——

不光是不好意思，还有，离开熟悉的家园
自己为乡亲们啥也做不了了

姐妹俩和山羊母子

四只山羊，两对母子
母羊沉静，小羊咩咩

十四岁的姐姐，默默，握着牵母羊的绳子
六岁的妹妹，蹲着，和小羊说话

一句随意而合乎情理的问话
一块坠入水面的巨石

四只羊，一千六
要一起买。急切的一句，不可言说的心思

姐姐的手，一下握紧了绳子
妹妹抬起蓝眼睛，泪珠摇摇欲坠

我制造了一场风暴
之前，她们已经经历了多少场

这一天，她们都在风口浪尖上
风暴的中心，两对山羊母子安然

秋　日

巴扎美学教育

——给买衣老妪

绿色的开襟毛衣，穿着很得体
配得上她这个年龄少有的清瘦
和枣红色的半身裙。这一定是
人到中年的儿子挑选的——
母亲的衰老，被年轻的绿色身影
重叠，灰格的外套
暖和、轻巧，很有设计感
让她有几分城里人的气质
十几岁孙女的眼光当然错不了
穿哪一件，他们都说好看
穿哪一件，她觉得都一样
这一幕，是乡村巴扎上的美学教育
而我，是领悟最深的学生
以禁不住流下的眼泪为证

卖衣服的女人

"我上过夜校，学过国通语
现在，一点点，多的听不懂"

"有一个孩子，已经结婚了
现在家里就我一个人"

"这件衣服进货四十元，卖六十元
不赔钱就卖，进新款的衣服需要钱"

"就在巴扎上卖。这个巴扎大，摊位费三千元
其他乡的四个巴扎，总共八千元"

"除了卖衣服，我不会干别的
现在，也干不了别的了"
"我有严重的病"，她边说边拉起右腿的裤脚

"治了三年，越来越不好"

"最后嘛，可能要锯掉
疼，干不干活，都疼"

四十八岁的她，说得风轻云淡，似乎
曾经的波澜，已退到地平线之下

第 五 辑

阔什艾肯之外

古勒巴格

一架蓝紫的牵牛花。晴朗的诱惑
深入岔路口的另一条小路

深红的大丽花。一株，不，两株
六朵，包括倒下的那朵

谁点燃、擎举孤独的火把
土墙、桑树的景深，沉默的誓言

被感召的格桑花。五株，就灿烂出
自我的世界，白、粉、浅紫、玫红

倔强的小黄菊，一株，怀有
傲视天下的野心。匍匐在地的野心

十月阴郁的下午，它们吐露
古勒巴格的意义——花园

它不是唯一的。我拥有的
荒芜里，种子开始倾诉秘密

看赛马的孩子

尤汉巴什墩村的冬晨

月亮，半个，贴于
渐亮的蓝色穹庐
星子，一颗，像昨夜
点燃的第一盏
虚构的雁阵，完美的箭镞
直指喀喇昆仑山

不，仅有一只
不要说失群、落单
也休提孤雁。它是吟唱的
诗行，书写的勇毅和豪情
远远的，引着飘零的
三五只，奋力拍打着翅膀

乌　鸦

几十只乌鸦，密密麻麻
停在一棵高大的老杏树枝丫上
接续的鸣叫，嘈杂，难听
刺穿托万塔瓦尔克斯克村午后的寂静
和冬日难得的晴空

一只，飞走了
两只，三只……飞走了
空留一棵老杏树
一个村庄午后的寂静
和蓝得不真实的天空

还有一只死亡的乌鸦
在路边，高压线下
伏在低矮的西梅树杈间

它是触电而亡
还是病死、老死的

它白色的灵魂，会飞升
有临终告别和挽歌为证
它用死，称量生命之重
让死去的人羡慕
活着的人愧疚

鸽　子

一只鸽子,卧在
库台克勒克 * 村冰冷的路桩旁
——它死了

就在刚才，几十米外
一台农具车，坏在路边
我想，父亲在
就能麻利地把它修好

农具车，父亲，鸽子
某一时刻，死亡，拥有了一种
偶然却深刻的关系

———————————

＊库台克勒克，维吾尔语"遍布树根的地方"之意。

121

桃花小镇

没有桃花，连桃叶也没有
非要去，三九天气啊
错过了去年的桃花
也等不到今年的花开
有的人，要把心中的桃花
插在光秃秃的冷枝
有的人，从小小的芽点
就看到了含苞的桃花

麦田足球场

三个十岁的男孩，两个三四岁的孩童

这小小的足球队和啦啦队

吾斯塘博依村，一小块冬麦田，天然的足球场

奢侈的绿色。迸发的纯粹快乐

惊飞了大胆的鸽群，让偷啃麦苗的羊

屡屡抬起头，胆怯、犹疑地张望

林　场

农舍边的苹果树，一棵，一棵，被砍伐
两三龄的、昂贵的西梅树苗，会被栽上

醒目的钻天杨树，路左边的
春天，要砍掉，换上与右边相同的品种

只有，偏远的新区，老桑树、老柳树
老白杨树，野蛮地生长

恣意着"林场"该有的模样和尊严
倾诉"吾尔曼"＊这个村庄曾经的葳蕤和秘密

＊吾尔曼，维吾尔语"林场"之意。

世纪难题

从库木博斯坦村，到阔什艾肯村
这只小小的红长蝽，只是恰巧落到
我的手背。昨天的好天气迷惑了它
真不该出来受冻。我拉开手提包
小心地，放它进去

它躲过了一劫。陷入新的迷茫
温暖，让它的触角和肢节灵活起来
台灯的光芒，光滑的桌面
突如其来的拨动。迟疑的，谨慎的
它一步一步，探索陌生的世界

它从窗帘上掉下来
手脚朝天，挣扎了好几下
身子却翻不过来。该怎么办呢

还是不再打扰吧，给它自由
生与死的选择和尊严

整个夜晚，它在我的梦里
爬过来，爬过去，活着，死去
早晨，懊恼的我，把它抛在梦里
一转眼，花瓶里，一枝百合盛放
油绿的嫩叶上，小不点儿安然入睡

它的梦里，应该没有我
如果有，会是什么角色？
救命恩人，还是杀虫魔王？
我陷入迷茫，无论哪个
都是人类的世纪难题

吾尔曼村的老桑树

它,活了多久

高高的白杨树,不知道

树上的乌鸦，草丛里的呱呱鸡，不知道

村里活着的人，也说不清

一年，又一年，白色的桑葚坠落

汁液四溅，染深了根部的泥土

这甜蜜的地图，标注树冠的生机

老桑树啊，把时光藏在身体内部

不像人，将岁月挂在脸上

把苦涩的果实

紧紧地，压在心底

叶尔羌河的夕阳

——给友人

在铅色云朵的金色花边上
在层层云层图的补白之处
在拂面而过的晚风的凉意中
在大河滚动的天空的影子里

在木头架连绵的防洪堤坝
在如鸟喙探入的小岛
在古老浮木的停泊处
在芦苇、红柳引领的河边小路

这是我们见过的，无数夕阳中的一个
这是我们遇见的，最美的夕阳
它，不完整，也不残缺
它，在它之下的所有里

我们折下一枝小小的蒲棒
它的轻，有我们赋予的意义
此刻，它的升起
承担着夕阳，在一条大河上的降落

秋天的马

白杨树的尽头

夕阳一点一点落下
把白杨落下的影子拉长，又收回
那些树影，躺在柏油路上
那么好看。仅仅晚了几分钟
你再次远离就要苏醒的回忆
白杨树，站立的鹅毛笔
天空的蓝信笺，写满天大的秘密
白杨树，一棵棵，一行行
在库台克勒克，书写道路的笔直
你坐在车里，幻想用双脚踏响
树影的琴键。像多年以前
一个小姑娘蹬着自行车，铃铛响彻
白杨森森的林荫道
夜色，栖落于白杨树梢
有些人，有些事，已落在北疆的
另一场夜色里

幼小的奇迹

——给刀郎画乡打手鼓的小姑娘

卡龙琴声响起，欢快的鼓点荡漾

刀郎画乡的午后

你摇摇晃晃跑过来

坐在火红的地毯上。那个位置，只适合你

身后是乐师，一个弹琴，两个打手鼓

前面是三个旋转的身影

周围，一群游客不停地拍照

你那么小。手中的玩具手鼓

比你的脸蛋大。你那么小。紫衣，白裙

白色小皮鞋。亮亮的黑眼睛，睫毛闪呀闪

像红地毯上摆放的玩具娃娃

你那么小。拍摄的游客都怕吓到你

一双小手，一面小手鼓
一个生长在库木库萨尔*的奇迹
随意，自由。你的击打，与乐师的节奏相融
你用年幼，呈现歌舞之乡的魅力

突然，你成为关注的中心
那么多的镜头对准了你
你被吓住了，小花帽掉了
手鼓声停了。眼神呆滞
不再进入刀郎木卡姆的世界

你的玩具手鼓，那么小
你坐在红地毯上，那么小
你多幸运，拥有两个世界
虽然，"幸运"这个词
和你一样，需要慢慢长大

---

* 库木库萨尔，维吾尔语"沙子多的地方"之意。麦盖提县库木库萨尔
乡临近塔克拉玛干沙漠，是著名的刀郎农民画之乡。

探　源

沿着两沟渠水，走了一下午
叶尔羌河，仍在目力之外
探源，终是虚妄——
谁能重回母腹
再啜饮一口源头之水

在常州留青竹刻博物馆

她，瘦削，干练
岁月凝霜，于头发、皮肤
她，矜持，优雅
喜悦荡漾，在眼眸的深井
在语言的软糯——
选竹，采竹，剖竹
煮竹，晒竹，雕竹

我们无法想象其中的艰辛
就像她无法还原变形的右手
五十多年的时光，五十多年的握刀、刻画
五十多年的力道
骨头也被塑形、雕刻

那双神奇的手，变形的手

让我想起她们——
那个叫阔什艾肯的村子
那一双双皲裂、黝黑的
抡坎土曼的手

每一锤敲打
都是一场对话和共鸣

他这辈子，和铜壶
不，是铁锤，绑在一起
从十四岁，一个毛手毛脚的少年

他捶打着铜片
红铜、黄铜、白铜、混合青铜
生铜、熟铜

捶打出一件件锃亮的铜壶
捶打出传承了八代的铜器制作铺
捶打出一个手工艺品专业合作社

岁月也在无情捶打他
一次次淬火，之后的万千捶打

他就是砧铁上的滚烫铜片

捶打成铜壶制作的传承人
捶打成有二十三位传人的师父
捶打成乡村致富带头人

每捶打一下，他都听到熟悉的回应
有时，是手里的铜器发出共鸣
更多的时候，是父亲在说话

三十多年了，父亲从未走远
一直通过捶打的声音陪伴他、鼓励他
引领他，成长为满意的铜壶匠人

高　处

　　——给新疆阿迪力达瓦孜艺术传承中心的孩子

二三十个孩子
四个节目：杂技基本功、转圈、高空扇舞、柔术
构成一种让我们这群成年人
惊讶的、心疼的完美

除了高空走钢丝
除了四个中最小的那个男孩
每翻腾一次，落在钢丝上的双脚
都会趔趄一步
我们的心，也悬在空中

这小小的失误
将完美变成一个词
填满泪水、汗水和血

填满疼痛、重复和磨砺
填满爱和传承之心

这个学习达瓦孜才两年多的小男孩
瘦小的身体里，藏着一粒种子
我们没来得及问他的名字
就像他不知道，种子会把他
带往另一个生命的高处

錾刻的父女俩

叮——叮——叮——
铁锤敲打着錾子
錾子撞击雪亮的刀面
释放钢禁锢的花朵

两双手，两把铁锤
两根錾子，两把英吉沙小刀
叮——叮——叮——
敲打着八月午后的时光
錾刻着村庄的生活

十二岁的米日巴古丽，头戴花发夹
白色连衣裙，黑色漆皮鞋
在芒丰镇十村合作社的工棚里
纤细的手指起起落落

她坐在父亲身边
坐在二十多年前父亲的位置上
从小乖巧的她，玩着玩着
就学会了传了几代的手艺

她拿出毡布包裹的十几把小刀
像展示满分的试卷
"我喜欢錾刻，有空就来玩"
她天真的笑容，缓解了父亲的局促

也稀释了我们由衷的感慨——
錾刻一把英吉沙小刀
耗一个多小时
工钱只有二三十元

春 径

你来，携彩虹高速路的月季芬芳

跌入虎跑路的樟树浅香

我们在森林餐厅，用味蕾呼吸

百香果、可可豆和冰草的神奇

我们没有聊起那个秋日，那片荒野

和席地野餐，漠风吹散的鲜花饼的热气

仿佛这个暮春的夜晚，是大地初生的

婴孩，拥有与你一样的青春

多么盛大的挽留，我们一次次转错方向

不过是，一次又一次，误入江南的春花深处

一次又一次，返回麦盖提的秋日旷野

转　圈

画面中心的女人，不停地转圈
据说，用左脑看，她顺时针转
用右脑看，她逆时针转

我一直向一个方向——衰老转
头发，皱纹，所有的亲人
顺从了我的决定

除了我的心，那么调皮
越转，越年轻
越转，越像一个孩童

第 六 辑

麦盖提的雪

蒙尘的玫瑰

不是玫瑰，是月季

小小的花骨朵儿。你的绽放夭折

于深深的秋凉。饱满的花苞

寒风中，保有天然的骄傲

我短暂的停留，不是为了你

是你，在阴郁的傍晚

擦亮了我的眼睛

还是我的眼睛，点亮了

蒙尘的你

村委会门口，经冬的花骨朵儿

它凝固的美，坚韧、圆满

它的略微失色，比果实动人

这朵蒙尘的月季

我愿意叫你——玫瑰，玫瑰

所有春天的一帧缩影

一盆双色茉莉，摆在桌上

一瓶水培的西梅枝，摆在另一张桌上

绿色的塑料桌。我已习惯

每天中午，把它们搬出来

春天迟迟不来的日子，它们

像醒目的招风幡。我已明白

它们被选中的理由，简单、纯粹

我不明白的是，西梅花只开了几朵

这几只曼妙的蝴蝶如何得知，又飞了多久

几朵花浅淡的芬芳，暗含生命的密码

两只小蜂也来尝鲜。优雅，有序

又沉醉其中。多美好的一幕

这是所有春天的一帧缩影

这是即将到来的，阔什艾肯的春天

浩大的胜景

新　生

它颤巍巍地站着
无暇打量新世界——光亮
陌生，弥漫不确定的气息

三米，是深渊，是天边
妈妈躺在地上，胎盘还未娩出
熟悉的气息，唯一的依靠

四岁的小男孩，目睹了它的诞生
一动不动，似乎吓呆了
小毛驴趔趄一下，他颤抖一下
两只小拳头握紧一下

妈妈用尽了力气。使命还未完成
眼神鼓励孩子，温柔而决绝

站稳，站稳……
小男孩的嘴唇被咬得发白

四月的光倾泻，生命的教诲在大地上
尽情谱写：母亲，孩子——
我们沉浸于生命的仪式
为它（他、她）们感到幸福

——"命运"这个词的深邃，我们暂且不想
它的刻度，时光的箭镞
会用悲欢离合、爱恨情仇一一标记
现在，我们才刚刚起步

冬 小 麦

冬日的雪野，乌鸦醒目的墨迹
守候你深深的睡眠

你的醒来，舒展大河两岸第一抹春色
叫醒了野鸡的鸣叫

南飞的鸟族，感知你的节奏
踏上北归之路

天上的路，地上的路
同一条路，通向生命的本源

严寒，春旱，沙尘，燥热
你承受的，远多于他人

大地的先行者。每一步

都是艰难的第一步。于是，在五月

沙尘弥漫的五月，你褪去柔软、青涩
颖和芒，变得坚硬、锋利

你终于亮出了体内的矛和盾
——你快成熟了

归　途

桑葚熟了

我边走边吃，整整一个上午

桑葚，桑葚，桑葚……

村里有数不清的桑树

大桑树小桑树都结满了果实

我不渴，随身带的水杯满满的

也不饿，早饭特意多吃了一块蒸南瓜

亚森江也摘了几颗吃起来

我的嘴里满是桑葚的甜和香

和无法忽略的尘土的颗粒感

或许，这是无人采摘的原因

我不停地吃。甜桑葚不停地砸在地上

我赶不上它掉落的速度

挽回不了它被浪费的命运

除了吃，我不能为这些成熟的桑葚

做一丁点儿有益的事情

"饕餮"，此刻，是一个褒义词

青 杏

我们的青杏，没有成熟的未来——
从指头肚儿大，孩童们便用棍棒敲打
酸得表情怪异，却说：酸杏子，好吃
青杏越长越大，诱惑也是
保洁阿姨、保安，上房顶摘，爬上树摘
还递过来几个，神情似课堂上被老师发现
做小动作的学生，说：酸杏子，好吃

我们日日提心吊胆，祝福
为数不多的青杏，侥幸走完
短暂、完整
惊心动魄的
一生——

再不用担心了。最后的青杏

被一只塑料袋装走了，那人说：
现在的青杏子最好吃
熟了，就吃不成了——
十个里，九个都有虫子

高高的杏树，空空的杏树
让大大的甜甜的白杏成为传说
那些桑树呢，果实累累
熟透后掉落一地的甜蜜
无人在意，零落成泥的甜蜜

吊诡的结局——谁该为谁惋惜？

木槿花开了

第一朵木槿花，清晨开放

在队友的眼睛里

第二朵木槿花，傍晚八点

灿烂开放，在我从菜园挺直腰杆的

一瞬。多么短暂的一瞬

让这株植物，熬过漫长的春夏

多么漫长的一瞬

让一个人想到，大暑到了

想起盛极而衰的命运走向

我忍住泪水

抬头，那片麦田的金黄

已被复播玉米的青翠更迭

终于，泪珠滚落下来

落下，一个崭新而永恒的意义

隐喻的人生

立秋了——

小小的菜园
西红柿，每天都得摘
茄子、辣椒，两三天
芹菜，四五天

南瓜秧，那么大一片
只有雄花
丝瓜花，还没来得及开
过几天，会开的
瓠瓜、甜瓜，白的黄的花
几朵，抱着幼小的未来

这隐喻的人生——
你，是哪一朵

如 四 月

这是你的生存法则
从四月，到十月
不老的绿叶，见证了玉米的成熟
星点的黄花，走完了核桃的年轮
昂扬的白发，迎来冬小麦的新生

田野空旷，如四月
土埂上的蒲公英呀，葳蕤，如四月
盛开，如四月
结果，起飞，如四月
——永恒的四月

你，也有贴心的好姐妹
腰身纤细的紫菀，开淡紫花
果实黑黑的龙葵，依旧开碎白花
贫瘠的舞台，上演生命的真相

每一天，都是四月

——是的，每一天，都是春天

收获后的棉田

干枯的、连叶子也脱尽的棉秆

炸裂的、被掏空胸腔的棉桃

一无所有了，除了深褐色的干渴身躯

洁白、温暖，甚至圆满

此刻，这些好得不能再好的词语

离开了你。只有残存的

丝丝缕缕的"羊胡子"＊

呼应着十几只啃食棉秆的山羊

年轻的、柔软的毛皮

呼应着放羊老汉，空荡荡的旧皮袄

黝黑的、刻满皱纹的脸

和几缕花白的老胡须

＊羊胡子，棉花未捡拾干净，留在棉桃上的絮像羊的胡须，俗称"羊
胡子"。

阴　影

刚笼住地皮的麦苗，是好看的
当阔什艾肯的初冬悄然降临

核桃树裁剪过的麦田，是好看的
光秃秃的树枝，绿背景上，遒劲的枯笔

水洗般的蓝天空，是好看的
当白鸽、灰鸽扑啦啦地，群飞，群落

小渠的静流，是好看的
无形的画轴徐徐铺展

白杨树拉长的影子，印在麦田里
天空下，十一月和暖的下午

一个人坐在阴影里，思考着
美和美景。像个局外人

什么都不会浪费

两只饱食的花野鸡，悠闲地

站在渠埂上，张望

一只黑白花的奶牛，静静地

卧在田埂上，反刍

似乎，一幅初冬乡间的油画

还不够抒情

白杨树光秃秃的树梢，晃动着

一只乌鸦的停留、鸣叫

十几只灰鸽子，温柔咕咕

分享生活的秘密

这样的水墨画，浓淡干湿

自有深意。缭绕的雾岚呀

清扫扬起的飞尘，落叶燃烧的清烟

可以乱真。而劳作的十几位维吾尔族村民

高鼻浓眉，浓缩为，戴着草帽或斗笠的

面目模糊又轻飘俊逸的一个

在阔什艾肯，十一月的清晨

什么都不会浪费

流　沙

十二月的奇迹

光秃秃的海棠树下
那两株小麦还活着，麦穗青青
十二月里的奇迹

其实，我一直惦念着的
是那个在礁石和暗流间挣扎的人
所幸，他的妻子站在他一边

我的无力，如同他的无辜
倾注于此——这寒冬里的青翠
让人想起另一场六月的大雪

放

放羊的人，放着放着
把羊的命，一只一只
一群一群，放丢了

羊，也在放人
一年一年，一茬一茬
就把人，放老了

寒 鸦

是白杨树梢压弯的半截弧线

是荒凉田埂上静止的逗点

是冬小麦地里跳动的音符

是清冷收费站旁好奇的观光客

是高速公路边一片凌乱的墨迹

这是南疆冬天的乌鸦

如果你要叫它寒鸦

且把漫天的沙尘

看作水墨山水里的雾岚

把自己当作——身披蓑衣的行吟者

河　水

好大的水。流成一条轻拂的绸缎
天那么蓝，那么蓝
以致我忽略了，露出水面的那根木桩
划破了河水的衣裳。水的疼
流动，才能安抚。就像人间的苦
能够稀释的，唯有时光的窖藏

墓　园

麻雀的叽喳声，奔涌而来
从一棵胡杨，到另一棵胡杨
似乎要唤醒树下的安息者
死去的人，是不会说话的
另一种可能，它们
代替他们，活着、表达

东方铁线莲

我们徜徉在乡间小路

九月的午后，微风送爽

白杨树的叶子，被光镀成

银色的镜片。那位未曾谋面的

农民诗人，我读过他的诗

"百灵鸟飞来

落在白杨树上"

一路上，我东张西望

我的注意力，不知何时已经

转移。铁线莲的藤蔓

爬上树干，又垂吊空中

千百朵黄色小花，千百个婴孩

在绿色的摇篮里，摇呀摇

探出的鹅黄花蕊，千百个雀舌

风把甜美的歌声，秘密传送
我不想说话，也说不出什么
突然，一句诗闯了进来
"我对你的爱
燃烧在我的心上"
这分明是，那位诗人写下的第二句

万 寿 菊

橙色的万寿菊还在开放
不是金盏菊，不是孔雀草
我不再认错。所有的美
都需要高度的专注
它还在开放。从我第一次
来这儿。橙色的浑厚
似乎被时光之火淬炼
空气中的浮尘擦亮你
贫瘠的土地供养你
——像生活于此的每个人
你用饱满的生机，回报
祝福他们：健康，健康
我留恋这乡村的早晨
用心把美一一采摘

院门口的青年男子看着，微笑着
我无意间抬头。微妙的平衡便被打破
另一种美，瞬间诞生

大漠驼铃

麦盖提的雪

十二岁的木依斯尔和三岁的妹妹
在雪地里，兴奋地跑、叫

落下的雪，盖满了荒凉的土地
飘着的，让人心疼，捧着手接

镜头里的雪，仿佛一个结尾
一场盛大的告别

弥补着，提醒着
让我想起另一场雪，一个开头

麦盖提呀，这个几乎不下雪的地方
却用两场雪，覆盖了我的一年

后　记

2023 年 1 月 19 日，我作为驻村工作队队员走下飞机舷梯，踏上喀什的土地。几天前一场六十年不遇的大雪降落，把曾经见惯不怪的裸露的南疆大地，装扮成冰雪的童话世界，充满了北疆冬季的既视感。

2024 年 1 月 19 日，结束了为期一年的驻村生活，我回到乌鲁木齐。接下来的几天，每天早晨醒来，我都会产生身在村里的恍惚感。直到看到一位村民发给我的小视频：鹅毛大雪飞舞、飘落，熟悉的土黄色调的村庄披上白色的新装，孩子们在雪地里撒欢儿、嬉闹。不由得，眼泪在眼眶中打转。我拿起笔，写了起来。

麦盖提呀，这个几乎不下雪的地方
却用两场雪，覆盖了我的一年

这是诗歌《麦盖提的雪》的结尾。它像一个句号，终结了我结束驻村生活后的恍惚、不适，甚至找不到自身位置的茫然等难以言说的复杂心态。我的心安定下来。

在 2023 年 1 月抵达新疆喀什地区麦盖提县阔什艾肯村之前，我就有了写一部作品记录自己驻村生活的计划。我出生、成长于北疆兵团，在乌鲁木齐读完大学后就在新疆维吾尔自治区文联工作。我的工作、生活简单，看稿、编刊、读书，已经转了二十多年，我沉迷于此。2022 年在读到一本西亚小说时，我猛然产生了与主人公一样的疑问：真的了解这片安身立命的土地吗？真的理解生活于此的人吗？新疆，于我这样的兵团二代而言，究竟代表着什么？我感觉自己被悬置了，既回不到档案中填写的那个籍贯，对生我养我的古尔班通古特沙漠边缘的团场连队也没有归属感。"我是新疆人。"无数次，在其他省份，当别人问起我是哪里人，我都会毫不迟疑、带着骄傲的口吻这样回答。当上述的疑问萦绕于心，我慢慢接受了一个残酷的现实：我对新疆的理解是不全面、不完整的，是缺少了"疆"里右下角里的"田"的。这个"田"代表的就是南疆。意识到这一点，几乎在同一时刻，我就萌生了申请去驻村的念头。

我如愿被单位派往麦盖提县阔什艾肯村参加驻村工作。起初，我计划写一本驻村生活的非虚构作品。此前，我一直在写诗，并没有受过非虚构文体的写作训练。尽管乡村生活提供了很多新鲜素材、感受，可我苦于找不到自己的"腔调"进行散文化的书写，就像安徒生童话里穿不上水晶鞋的公主们。相反，看到很多场景、人物，诗意就在心底涌动。

2 月 4 日立春那天，我挣脱体裁之困，写下了驻村后的第一首诗《立春》。接下来的十几天，我写得很有感觉。一天，一位文友在我的微信朋友圈留言，说这些诗歌可以申报中国作家协会2023年"深入生活、扎根人民"创作扶持项目。我抱着试一试的态度填写了申报表，同时确定了驻村诗集的题目为《阔什艾肯村手记》，诗集容量100首。我的创作意图越来越明晰，就写阔什艾肯村在新时代的发展变化，写村民们生产生活现状、精神面貌的转变等；创作目标也越来越明确，用真诚的情感、切身的体验，写出一本具有特色的驻村诗，力戒空洞、虚假的抒情，避免肤浅、表象的图解。

对于系列写作而言，难度在于避免同质化。之前的植物诗歌系列、她系列的创作，我深受其苦，却为我积累了一些宝贵的经验。尽管如此，《阔什艾肯村手记》的创作还是经常遇到大大小小的困境，尤其是写到三分之二后，我几乎对自己失望了。搁笔近一个月后，在阅读一个微信平台推送的一组短诗时，我被极简的描写、戏剧性的反转、哲思的表达等营造出的力量、魅力所吸引。对这些元素的尝试运用，催生出之后的三分之一的作品。其中的《鸽子》获得了第四届中国年度新诗奖·年度优秀诗人奖。

回到开头提到的那两场雪，它们的确覆盖了我的一年。

它们只是覆盖了我的一年吗？那么多次，当我读到、听到"喀什""麦盖提""巴扎结米镇"等地名时，我的心会跳得快一点儿；当我无论在哪里看到白杨树、葡萄长廊、麦田、广场、鸽群等，我的眼前会自动生成阔什艾肯村的村容村貌；当我在公交车上、在公园里、在镜头里看到维吾尔族人，我立刻会想起我的村民、亲戚们的黝黑笑脸和粗糙双手，想起那些朝气蓬勃的村委会干部……我深切地知道，那两场雪，会覆盖、充盈我的余生。

感谢众多诗友的鼓励，使我能够在困境中坚持，最终完成这部诗集的创作。

感谢新疆人民出版社编辑同仁的持续关注和文学坚守，让我感受到写作者的尊严和写作的价值，体会到"甘为他人作嫁衣"的职业艰辛和崇高。

感谢伟大而平凡的生活。

张映姝

2024年8月6日